हृदय कलश

डॉ. अलका जैन 'आराधना'

साहित्य प्रकाशन संस्था

प्रखर गूँज

दिल्ली - 110089, भारत

संस्करण : 2019

ISBN : **978-81-940938-8-6**

प्रखर गूँज साहित्य प्रकाशन संस्था
एच - 3 /2, सेक्टर - 18,
रोहिणी, दिल्ली -110089
दूरभाष : 7982710571
    7838505899

पहला संस्करण : 2019

शब्द संयोजन : नीलू सिन्हा
आवरण : दुर्गा प्रसाद

हृदय कलश
By Dr. Alka Jain 'Aradhna'

Published by
PRAKHAR GOONJ PRAKASHAN
Delhi – 110089
E-mail : prakhargoonj@gmail.com
   sinha.neelu123@gmail.com
(M) 798271057, 7838000605

शुभकामना

डॉ.अलका जैन ने समाज विज्ञान संकाय के राजनीति विज्ञान में गांधी एवं विवेकानंद पर अपने शोध कार्य मेरे साथ संपन्न किए। लंबी शोध प्रक्रिया के दौरान शोध विषय के अतिरिक्त शिक्षक एवं शोधार्थी दोनों को एक दूसरे के व्यक्तित्व एवं कृतित्व को बहुत निकट से जांचने- परखने का अवसर मिलता है। अलका जैन हमेशा से एक परिश्रमी एवं मेधावी छात्रा रही है। विषय वस्तु एवं भाषा दोनों पर अलका की अच्छी पकड़ है। मेधा एवं बुद्धिमता के साथ एक आधारभूत अच्छाई और नैतिकता है जो अलका के व्यक्तित्व को खूबसूरत बनाती है। राजनीति विज्ञान से इतर अलका ने साहित्य की विधा का चयन किया है। बुद्धिमता, कर्मशीलता और नैतिकता हर प्रकार के अर्थपूर्ण सृजन के आधार स्तंभ हैं, ऐसा मेरा मानना है। अलका इन तीनों में अनवरत परिष्कार कर सृजन के नए कीर्तिमान स्थापित करे, यही मेरी शुभकामना है।

प्रो.दमयंती गुप्ता
जयपुर

हृदय कलश के लिए

अलका जी के प्रथम काव्य-संग्रह 'हृदय कलश' से गुजरना वस्तुतः जीवन के विविध स्वरूपों से गुजरना है । इनके शब्द अत्यधिक ईमानदारी और संवेदनशीलता के साथ अपनी बात रखते हैं । पुस्तक की कविताएँ रिश्ते, बचपन, परिवार, समाज से जुड़े भावनात्मक पहलुओं की चर्चा करते हुए ढलते पारिवारिक एवं सामाजिक मूल्यों में सुधार एवं एक सकारात्मक समाज के पुनर्स्थापन के प्रति आशान्वित प्रतीत होती हैं । सर्वशक्तिमान ईश्वर के प्रति आस्थावान इनकी लेखनी इंसानियत के दौर को याद करती हुई यह कामना करती है -

"हर कोई उलझा है यहाँ / बिगड़े सुरों की तानों में....हो जाए फिर से भाईचारा / हम दो दिन के मेहमानों में"

सामाजिक विद्रूपताओं से व्यथित ये पंक्तियाँ सहजता से जीवन की क्षणभंगुरता को स्मृत कराते हुए मनुष्य को मिल-जुलकर रहने का दर्शन भी दे जाती हैं ।

समाज में बढ़ते अपराध और उसकी वीभत्सता से व्यथित हो इनका संवेदनशील हृदय पुकार उठता है -

"करके तुलना पशुओं से इनकी / पशु जगत का न करो अपमान

पशुओं से भी बदतर हैं / मानव जाति के ये हैवान"

'हृदय कलश' में वात्सल्य और ममता के कोमल स्पर्श का अद्भुत सामंजस्य भी दृष्टिगोचर होता है। जब वे लिखती हैं -

"नन्हे - नन्हे हाथों से / जब बच्चे ने सिर सहलाया

ऐसा लगा बच्चे में / मैंने अपनी माँ को पाया"

कवयित्री प्रेम के सच्चे भावों को साथ लेकर चलती हैं । इनकी कविताएँ प्रतीक्षा, दर्द, विरह की वेदना से भी जूझती हैं पर उन्हें लगता है कि दुःख को बाँटने से कहीं बेहतर उसे भीतर सहेज लेना है -

"कभी - कभी बाँटने से / बढ़ जाता है दुखों का वजन

मन भी हल्का नहीं / भारी हो जाता है

क्या हुआ है कभी....ऐसा आपके साथ भी?"

लेकिन इनका हृदय निराशा के अथाह सागर में डूबने की बजाय एक जोत जलाता है -

"मज़ा भी होता है इंतज़ार में,
उम्मीद का दिया रखता जलाकर,
ये किसी के सूने संसार में........"

इस पुस्तक की भाषा आम आदमी की सरल, सहज भाषा है और यह किसी घुमावदार पगडण्डी पर न चलते हुए, स्पष्ट अभिव्यक्ति करती है। 'हृदय-कलश' का उत्तम पक्ष इसमें सकारात्मकता, चिंतन एवं राष्ट्र-प्रेम के भावों की उपस्थिति है।

वर्तमान में अलका जी जिस मेहनत, लगन एवं समर्पण से साहित्य साधना में जुटी हैं वह अत्यंत ही प्रशंसनीय है। मुझे पूर्ण विश्वास है कि समय के साथ आपकी लेखनी परिपक्व हो और भी दीप्तमान हो उठेगी।आप साहित्य के प्रति इसी अगाध प्रेम और कर्मठ भाव को संजोये अपनी पूरी निष्ठा से लेखन कार्य करती रहें, प्रगति के समस्त द्वार आपके लिए स्वत: ही खुलते रहेंगे।
आपके उज्ज्वल भविष्य के लिए मेरी अशेष शुभकामनाएँ एवं स्नेह।

प्रीति 'अज्ञात'
संस्थापक एवं संपादक: हस्ताक्षर मासिक वेब पत्रिका, ब्लॉगर,
सामाजिक कार्यकर्त्ता, स्वतंत्र रचनाकार
मोबाइल -9727069342
ई.मेल - preetiagyaat@gmail.com

' हृदय - कलश ' से

मेरे हृदय के उद्गारों की शाब्दिक अभिव्यक्ति के रूप में ' हृदय कलश ' आपके हाथों में है । जीवन के संघर्ष प्रत्येक व्यक्ति के सामने किसी ना किसी रूप में उपस्थित होते ही हैं । प्रत्येक व्यक्ति इनका सामना अपने - अपने ढंग से करता है । हर व्यक्ति जो संवेदनशील है, कम या अधिक रूप में कवि होता ही है । पीड़ा का उत्कर्ष काव्य सृजन को प्रेरित करता है । कविता तो खुशी के क्षणों में भी रची जाती है पर मेरा मानना है जब व्यक्ति पीड़ा की अतिशय अनुभूतियों से साक्षात्कार करता है तब शब्द भी रो पड़ते हैं और काव्य - सरिता बह निकलती है । सुख बांटने वाले तो कई मिल जाते हैं, पर दुख और जीवन के आघात व्यक्ति प्रायः अकेले ही झेलता है । असीम पीड़ा के इन क्षणों में जब व्यक्ति अपने दर्द को कागज़ और कलम के साथ बांटता है तो समाज से भी जुड़ जाता है । क्योंकि उसका देखा - भोगा यथार्थ जहां उसके सृजन की प्रेरणा है वहीं समाज के प्रति उसका कर्तव्यबोध भी उसे पुकारता है । इसीलिए कवि के ये उद्गार सिर्फ व्यक्तिगत नहीं होते, उसकी अभिव्यक्ति समाज के बहुरंगी सरोकारों से जुड़ी होती है । आज जो परिदृश्य हमारे सामने है, ऐसा प्रतीत होता है जैसे संवेदना मर सी गई हो । आज संवेदनहीनता को आदत बना लिया गया है । व्यक्ति स्वयं में ही सिमट भी गया है और सब कुछ स्वयं में ही समेट लेना चाहता है ।

नैतिकता को ताक पर रखकर निजी स्वार्थों की रोटियां भी सेकी जा रही हैं । लेकिन आखिर कब तक ? जी हां ... भीतर से आवाज़ उठती है कि नैतिकता और सभ्यता पर आए इस संकट से हमें मुकाबला करना ही होगा । यदि अपने कर्तव्य का ईमानदारी और निष्ठा से निर्वहन किया जाए तो सकारात्मक परिवर्तन संभव है ।

मेरा भी ये प्रयास रहा है कि अपनी निजी अनुभूतियों का तारतम्य समाज में घटित होने वाली घटनाओं से बैठा सकूं । यही 'कवि - कर्म' भी है और 'कवि – धर्म' भी । अपने इस प्रयास में मैं कहां तक सफल हुई हूं इसका निर्णय तो आप ही करेंगे । वैसे ये ' हृदय कलश ' सिर्फ दर्द की दास्तां नहीं है, इसमें भावों का वो सतरंगी इन्द्रधनुष भी है जो जीवन में उमंग का संचार करता है । हमारे त्योहार, मौसम, प्रकृति, रिश्ते - नाते, दोस्त, बचपन, ईश्वर, धर्म, राजनीति, समाज.... जीवन के हर रंग से इस 'हृदय - कलश' को सजाने का प्रयास किया गया है ।

मेरी पुस्तक के प्रेरणा स्त्रोत मेरे माता - पिता, पति श्री आशीष सोगानी और पुत्र अतिक्ष जैन हैं जिन्होंने इस शब्द - साधना को पूर्ण करने के लिए

निरन्तर मेरा उत्साहवर्धन किया। मैं मेरी गुरु और मार्गदर्शक प्रो. दमयंती गुप्ता, डॉ. लाड कुमारी जैन, वरिष्ठ साहित्यकार श्री शिखर चंद जैन, प्रीति अज्ञात जी, अर्चना चतुर्वेदी जी एवं नीलू दीदी के प्रति भी कृतज्ञ हूं जो मेरे 'सृजन' की साक्षी भी हैं और मार्गदर्शक भी। मैं उन सभी अनाम प्रेरणाओं की आभारी हूं जिन्होंने प्रत्यक्ष या अप्रत्यक्ष रूप से मुझे साहित्य - सृजन हेतु संबल प्रदान किया।

जीवन की अनेकानेक अनुभूतियों का साक्षी रहा मेरा हृदय इन भावनाओं को कविताओं का रूप देकर समाज से, आप सबसे जुड़ना चाहता है ताकि ये भाव सिर्फ अंत: प्रसूत ना रह जाएं .... 'सर्वजन हिताय, सर्वजन सुखाय' की शाश्वत मंगल भावना के साथ ये 'हृदय - कलश' विनम्रता के साथ सुधी पाठकों को सादर समर्पित है।

डॉ. अलका जैन 'आराधना'
जयपुर

अनुक्रमणिका

हृदय कलश

आराधक हूं प्रभु आपकी,
आत्मशक्ति की अभिलाषी ।
सर्वज्ञ, सर्वात्म, सर्वव्यापी,
और आप हैं अविनाशी ।
कर्म करके अनासक्त भाव से,
फल की इच्छा ना करूं ।
याद रखे जग मुझे हमेशा,
ऐसा कोई कर्म करूं ।
आस्था है मेरी आप में,
जैसे दीए की बाती में,
आप व्याप्त हैं ऐसे मुझ में,
जैसे कुंभ है माटी में ।
आत्म ज्ञान के अमर विधायक,
हे मेरे मन के अधिनायक !
मेरे सृजन के साक्षी हैं आप
हैं असीम शांति प्रदायक ।
मेरी आत्म शक्ति के दाता,
हे मेरे प्राण विधाता !
आपको है सर्वस्व समर्पित,
'हृदय कलश ' करती हूं अर्पित ।

दर्द

दर्द का सफ़र तो हर इंसान,
तय करता है ज़िन्दगी में...
किसी का जल्दी खत्म ....
हो जाता है....
तो किसी का अंतहीन......
हां यही कहानी है दर्द की...
चैन से जीने नहीं देता ...
हर पल नई दास्तां है इसकी....
बढ़ता ही रहता है....
बढ़ता ही रहता है....
हां... इक मोड़ आता है ज़िन्दगी में..
जब आदत सी हो जाती है,
दर्द सहने की।
हां,दर्द भी दवा बन जाता है,
कहीं से कभी खुशी का ...
कोई झोंका आ भी जाता है,
तो दर्द को दिल में बसा चुका ये मन
चौंक पड़ता है......
अरे ये क्या हुआ ?
किसे तरस आया मुझ पर....
नहीं अब मैं आदी हूं इस दर्द की,
नहीं चाहिए मुझे दो पल की खुशी....
ज़िन्दगी भी अजब छलती है मुझे,
देकर खुशी दो पल की.....
डुबो देती है फिर उसी गम के सागर में
हां मैं इसी दुख को जीना चाहती हूं ,
महसूस करना चाहती हूं...
हमेशा.....
हां जब तक सांस चल रही है...
रहना है मुझे गमों के साथ ही....
बिना शिकायत के...
क्योंकि यही हैं वो,
जिन्होंने हमेशा साथ निभाया है....

बच्चे

बच्चे होते हैं बड़े मासूम,
ये किताबों और तकनीक का बोझ,
छीन रहा है बचपन इनका...
कहां है वो बेफिक्र हंसी...
अब चुलबुलेपन की झलक भी ....
कहीं दिखती नहीं...
बच्चे को निपुण बनाने के फेर में...
हम छीन लेते हैं उसकी उमंगे...
हां ..खोया खोया सा रहने लगा है
वो बचपन ... जो हमारे समय में ..
बड़ा प्यारा था...
आज हम पाबंदियां लगाते हैं ...
मासूमों पर ..
पर हमने जिस तरह जिया था ,
अपना बचपन ....
क्या आज उस तरह ...
खुलकर जी पाते हैं बच्चे...
नहीं, हम दोषी हैं इनके..
ये दब रहे हैं हमारी,
अपेक्षाओं के बोझ तले....
ये बोझ हटाना होगा हमें
नन्हें बच्चों पर से...
ताकि ये भी..
खिलखिला सकें....
गुनगुना सकें.....
बना सकें घरौंदे मिट्टी के,
भीग पाएं वो रिमझिम बरसात में,
नाव को तैरा सकें पानी में,
खेल पाएं खुलकर गलियों में,
हां,वो जी पाएं अपनी ज़िंदगी खुलकर,
जीवन - संग्राम में ...प्रवेश से पहले...

सृजन

आसमां के घावों पर नरम रूई के,
फाहे बनकर...
मरहम लगाते हैं बादल।
और फिर रो पड़ते हैं सुनकर ...
दर्द भरी दास्तां इस आकाश की.....
ये रुदन भेद देता है धरती को भी....
भीतर तक.....
और ये असहनीय वेदना सहकर,
धरती करती है अप्रतिम सृजन....
हां पीड़ा को उजागर करते बादल...
माध्यम बनते हैं नव सृजन का...
हां धरती सहती है.....
सूर्य के प्रखर ताप को,
जलती है, टूटती है,
पर सहेजकर रखती है खुद को,
क्योंकि पोषक है वो जीवन की...
नहीं बिखरने देती खुद को ...
क्योंकि निर्भर है उस पर,
समूची सृष्टि का जीवन।
धरती और आकाश के मिलन के,
सेतु बनते हैं ये बादल...
फिर जग उठती है संसृति....
नव उमंग, नव सृजन के साथ ...
फिर बढ़ते हैं कदम .....
अनंत की ओर...

सबक

ज़िन्दगी बड़ा गहरा ..
सबक सिखाया तूने,
जब हम किसी को मानते हैं....
दिल से अपना ...
और उससे साझा करते हैं,
अपने दुख और परेशानियां..
सच में हम खो बैठते हैं उसे भी,
जिसे अपना मानकर बांटा था ...
हमने दर्द अपना...
कैसी अजीब दुनिया..
सुख में गले लगाती है...
दुख में ना सिर्फ बना लेती है दूरी...
बल्कि उड़ाती है मखौल भी...
किसी के दर्द से किसी का ...
कोई वास्ता नहीं....
पर जानकर किसी की,
तकलीफ़ के बारे में,
क्यों खुश होते हैं लोग....
और इसीलिए अक्सर ....
खुद में सिमट जातें हैं लोग,
अपना गम खुद से ही बांटने के लिए...
हां अब गम बांटने से....
कम नहीं होते...
बढ़ जाते हैं कई गुना....
क्योंकि दुःख में ना कोई
हमसफ़र होता है ..
ना ही हमकदम...
हमसाया भी नहीं ...
हमराज भी नहीं....
हां दुखी व्यक्ति को ...
अकेले ही तय करना होता है,
अपने दुख के दिनों को...

खुद से बातें करते हुए ..
इस विश्वास के साथ कि,
बीत जायेंगे ये दिन कड़वाहट भरे,
फिर से सुख आएगा ज़िन्दगी में।
पर एक बात रह जाती है...
याद सदा के लिए,
कि कोई किसी का नहीं दुनिया में....
इंसान जीता है सिर्फ खुद के लिए....
अंतहीन दौड़ सुख के लिए...
पर नहीं मिलता सुकून कभी....

मौन

चीख - चीख कर ..
नहीं समझा पाते जो बात हम,
वो मौन समझा देता है अक्सर...
नहीं होती जरूरत शब्दों के सहारों की।
इधर कुछ ना कहने की दृढ़ता और
उधर कुछ सुनने की छटपटाहट ...
बढ़ा देती है बेचैनी...
लगता है कभी - कभी इस मौन से,
संवाद था बेहतर....
पर यही तड़प और बेचैनी,
ये अंतहीन सा लगने वाला मौन ..
खोल देता है द्वार सुधार के।
अहसास कराता है ..
इक दूजे की अहमियत का,
ताकि फिर से सहेजे जा सकें रिश्ते,
बंध सके फिर से स्नेह की डोर...
कभी ना टूटने के लिए ....
जुड़ जातें हैं तार स्नेह के,
सदा के लिए ....
हां, जीवन भर के लिए........

घाव

कुछ घाव ऐसे होते हैं,
जो कभी नहीं भरते ।
समय के साथ भी नहीं.......
और जब बांटा जाता है,
इन्हें किसी के साथ.....
तो ये हरे ही नहीं,
और गहरे हो जाते है ।
अच्छा होता है ....
कभी - कभी चुप हो जाना,
अकेले में आंसू बहाना,
खुद के गम का साथी,
खुद को ही बनाना ।
हां कभी - कभी बांटने से,
बढ़ जाता है दुखों का वजन ।
मन भी हल्का नहीं,
भारी हो जाता है ।
क्या हुआ है कभी....
ऐसा आपके साथ भी ?

अपने

मैं नहीं चाहती अब वो,
सिलसिला मुलाकातों का।
वो मंजर टूटती उम्मीदों का,
वो कहर बिखरते जज्बातों का।
समझा लिया दिल को मैंने,
वो मेरे अपने नहीं थे।
जो ना हो सके पूरे वो,
मेरे सपने नहीं थे।
रास आने लगी है,
मुझे ये दूरियां।
कुछ भी ना कह पाने की,
वो बेबस मजबूरियां।
मत बताओ कि मुझे ,
क्या ना मिल सका।
वो ना कल मेरा था,
ना आज मेरा है,
ना कल मेरा होगा।

हैवान

करके तुलना पशुओं से इनकी,
पशु जगत का ना करो अपमान।
पशुओं से भी बदतर हैं,
मानव जाति के ये हैवान।
पशुओं के भी होते नियम,
और होता है कुछ कायदा।
ये तो इंसान ही है,
जिसने तोड़ी है मर्यादा।
स्त्री की अस्मिता को,
ये करते हैं तार- तार,
बच्ची से लेकर बूढ़ी औरत को,
ये बनाते अपना शिकार।
बीमार मानसिकता के लोग,
करते हैं ऐसा घिनौना काम।
अपनी इस हवस के कारण,
मानवता को करते बदनाम।
इंसानियत को रखके ताक पर,
करते सीमा का उल्लघंन।
करते बेआबरू स्त्री को,
मनोविकृति का करते पोषण।
ऐसे व्यक्ति को जीने का,
ना हो कोई अधिकार।
मिले उसे सजा यथोचित,
मानवता ये करे पुकार।

मीठे बोल

नन्हे - नन्हे हाथों से,
जब बच्चे ने सिर सहलाया।
ऐसा लगा बच्चे में,
मैंने अपनी मां को पाया।
कभी कभी बच्चे भी हमसे,
ज्यादा बड़े हो जातें हैं।
मुश्किल आती हम पर जब,
वो साथ खड़े हो जाते हैं।
उनकी प्यारी बोली अक्सर,
करती है दवा का काम,
ऐसा लगे ये सारा जीवन,
कर दें हम बस उनके नाम।
बच्चों के निश्छल स्नेह से बढ़कर,
नहीं है कुछ भी अनमोल।
आओ समेट लें इसको जी भर के
सुन लें बच्चों के मीठे बोल।

डोर संग पतंग

डोर का साथ लेकर पतंग,
है आसमान में इठलाती।
इनका साथ है ऐसा जग में,
जैसे संग दिया और बाती।
तुम भी मेरी डोर हो साजन,
मैं हूं रंग - बिरंगी पतंग।
तुम जो साथ मेरे हो तो,
उठी है मन में एक तरंग।
तुम बिन मुझे कुछ ना भाए,
तुमसे ही है मेरा संसार।
तुमसे ही लहराती बन पतंग,
तुमसे ही समाया दिल में प्यार।
पतंग - डोर से सहचर बनकर,
आसमान में करें हम राज।
तुमसे ही संगीत है मन में,
तुमसे है कायम प्रीत का साज़।

बादल

कभी बीन बजाते सृजन की,
गाते कभी विप्लव का राग।
बादल! तुम सच - सच बताओ,
है किस से तुम्हे अनुराग।
ये धरती है मां हमारी,
तुमसे हमें पिता - सा प्यार।
पालक हो तुम इस सृष्टि के,
बने रहो जीवन का सार।
धरती के संबल हो तुम,
हो किसान के जीवन आधार।
मत करो यूं ओलावृष्टि,
मत करो इस तरह संहार।
कोई दुःख तुम्हें भी होगा,
जो तुमने यूं दर्शाया है।
सच कहूं तो हमें तुम्हारा,
स्नेहिल रूप ही भाया है।
जब तुम करते रिमझिम वर्षा,
प्यासी धरा की बुझती प्यास।
इस अमृत जैसे जल से,
पूरी होती कृषक की आस।
तुम्हारी ये वर्षा पावन,
जीवन का राग सुनाती है,
पाकर तुमसे प्रेम अनुपम,
धरती भी मुस्काती है।

धोखा

जो हो ना सका किसी का,
वो किसका सगा होगा।
करना उस पर विश्वास,
खुद से ही दगा होगा।
यूं ही नहीं होती,
किसी से बेपनाह नफरत,
कोई घाव तो सीने में,
कहीं गहरा लगा होगा।
घुटने लगा था दम,
उस आबो- हवा में,
सांसों की आवाजाही पर,
कोई पहरा लगा होगा।
खा गए हम धोखा,
हम समझ पाए ही नहीं,
स्याह चेहरे पर नकाब कोई,
सुनहरा लगा होगा।

गुज़ारिश

ओ खुदा तस्वीर तेरी,
अब दिखती नहीं इंसानों में ।
इंसानियत हो गई दफ़न,
ना जाने किन तयखानों में ।
खुद को खुद की खबर नहीं,
जाने क्या हुआ है ऐसा,
खोकर के अपनी पहचान,
सोया ईमान मयखानों में ।
कुछ इस तरह दूर हुआ,
इंसान अब खुद से ही,
अपनों से बढ़ाकर दूरी,
ढूंढे सुकून बेगानों में ।
फिर भी नजर आती है,
रोशनी की उम्मीद एक
कभी सब रहते थे साथ,
बीते हुए जमानों में ।
बदलाव की जब चले हवा,
एक लहर ले सबको बहा,
आ जाए कुछ तो समझ,
इन खोए हुए दीवानों में ।
आसान नहीं है इतना,
इस मसले को सुलझाना ।
हर कोई उलझा है यहां
बिगड़े सुरों की तानो में ।
'आराधना' ये करे गुज़ारिश,
इंसानियत हो फिर से कायम,
हो जाए फिर से भाईचारा,
हम दो दिन के मेहमानों में ।

हमराज

तुम खोल दो परतें अपने मन की,
आखिर मैं हमराज हूं तुम्हारी।
मत सहो गम सारे ....
अकेले ही.....
कह दो मुझसे सब कुछ...
हां क्या दुःख है तुम्हें.....
क्या है जो तुम्हें सहज नहीं होने देता....
ये तन्हाई हम दोनों के लिए है..
सिर्फ तुम्हारे लिए ही नहीं......
साथ चलेंगे इन पथरीले रास्तों पर...
थामकर हाथ इक दूजे का .....
हमराह हूं तुम्हारी ....
कभी ना छोड़ूंगी बीच राह में ...
सात फेरों के वचन भी तो ....
निभाने हैं हमें...
क्या हुआ जो हो गए.....
कुछ अपने बेगाने,
हमें फिर भी ढूंढने होंगे ...
जीने के बहाने....
हां ज़िंदगी में ढूंढनी है खुशियां हमें ....
साथ हैं हम दोनों तो ज़िंदगी हमारी है..
तो आओ नई उम्मीदों की रोशनी में...
फिर से कदम बढ़ाएं......

वक्त

अंधेरा भी हूं, उजाला भी हूं।
किसी के मुख का, निवाला भी हूं।
बसता किसी की आंखों में,
आंसू बनकर कभी - कभी,
कभी खुशी में मदमस्त होकर,
बनता मैं मतवाला भी हूं।
कभी रखता सहेजकर,
दौलत प्रेम की,
कभी लुटाता दोनों हाथों से,
ऐसा मैं दिलवाला भी हूं।
साक्षी जीवन के उतार - चढ़ाव का,
बनता हूं मैं ही हमेशा,
हर कोई दे इज्जत मुझे,
ऐसा नाम वाला भी हूं।
हां मैं वक्त हूं जनाब,
कभी ठहरता नहीं,
चलता बनकर हमकदम,
ऐसा हिम्मतवाला भी हूं।
कहते सब मुझे न्यायधीश,
सही और ग़लत का.....
सच्चाई का मैं सदा ही,
रखवाला भी हूं।

आभासी संसार

एकाकी हो रहे परिवार,
रिश्तों में अबोला छाया है ।
हैरान है ये देखकर मन,
सबको सोशल मीडिया भाया है ।
वाट्स अप पर जलते दिए,
फेसबुक पर गुलाल उड़ाई जाती ।
ट्विटर और इंस्टाग्राम की भी,
कम नहीं है आज ख्याति ।
अजब दौर मौन का,
अहंकार है आड़े आया ।
रिश्तों के संसार में,
नहीं दिखती अब प्यार की छाया ।
पिता से नहीं रहा वास्ता,
मां भी अब है हुई बेगानी ।
गर्ल फ्रेंड है सबसे ऊपर,
बीवी की कभी बात ना मानी ।
बचपन खो रहा देखो,
टीवी के माया जाल में,
खेलना मोबाइल में,
बच्चों को हर हाल में ।
अजब लहर बह चली देखो,
है इसका अजब प्रवाह ।
नहीं वास्ता किसी से भी,
सिर्फ खुद को जीने की चाह ।
टेक्नोलॉजी का ये रूप घिनौना,
रिक्त करे अब स्नेह का कोना ।
रेगिस्तान सा शुष्क है जीवन,
रहे अधूरा सा हर मन ।
अब भी वक्त है जाएं संभल,
सच्चे रिश्ते संजोए हर पल ।
रिश्तों में लाएं अपनापन,
स्नेह से सजाएं ये जीवन ।

नि: शब्द

आज नि:शब्द हूं मैं मां.....
सही कहती थी तुम,
आसान नहीं है स्त्री होना....
हां ... मरना होता है जीते जी,
इक बार नहीं कई बार.....
आंसूओं को पीने की,
डालनी होती है आदत...
ख्वाहिशों को अपनी ...
दफन करना होता है कई बार।
फिर भी जरूरी नहीं,
कद्र करे ये जमाना।
भूलकर खुद को ....
जीते हुए सबके लिए....
स्त्री खो देती है वजूद अपना।
सही कहा था तुमने....
कि मैं आदत डाल लूं...
दर्द सहने की ...हां ....
स्त्री का जीवन सिर्फ और सिर्फ....
स्त्री होकर जीने की।
सही कहा था तुमने,
पलकों के तले ....
बहुत पल चुकी मैं...
अब मुझे किसी को पालना है,
अपने आंचल की छांव तले।
हां मां सही कहा था तुमने,
बचपना छोड़कर जीना है मुझे..
बच्चे के लिए......
हां मां अपने घर में ..
मर्यादा हूं अपने परिवार की,
मैं सिर्फ एक पत्नी हूं,
एक मां हूं आज....
क्या कोई और भी वजूद है मेरा ?

सही कहा था तुमने .....
आसान नहीं औरत होना...
आंसूओं को पलकों पर .....
ठहराव देना ....अकेले में
मुंह छिपाकर रोना.....
हां पर आज भी इक बात है
जो मुझे देती है खुशी....
हां कि मैं तुम्हारे वजूद का,
हिस्सा तो हूं ...
सीखा है तुमसे मैंने ....
कभी फूल सी कोमल होना,
कभी चट्टान सी अटल रहना।
आज भी मन हो जाता है हल्का...
कहकर तुमसे बात मन की...
हां ..तुम हो तो सारा जहां ...
हो चाहे खिलाफ....
मेरा वजूद सिर्फ तुमसे है ...
आज भी अनमोल है ये गोद.....
जो जन्नत से बढ़कर है....

मां

सहकर वेदना सृजन की,
करती उसमें सुख का अहसास।
मां का ओहदा दुनिया में,
होता है सबसे खास।
पीड़ा में आनंद की अनुभूति,
नहीं किसी के वश की बात।
मां विधाता की रचना अनुपम,
देती बच्चों को जीवन की सौगात।
इस दुनिया में जहां स्वार्थ के,
अनगिनत घेरें हैं।
दिखते उजाले कम यहां,
नज़र आते अंधेरे हैं।
ऐसी निराशा में मां तेरी,
बाहों के ये नरम घेरे,
करते खत्म ये उदासी,
जगाते खुशी के भाव ये मेरे।
ओ मां तेरे मन की थाह,
लेना नहीं है इतना आसान।
दर्द झेलती तू अनंत,
लेकर चेहरे पर मुस्कान।

खुद से मुलाकात

दूरियां बढ़ाकर क्या खोया है मैंने....
हां मैंने खो दी मन की अशांति,
वो तुम्हारी नज़र जिसमें,
प्यार का नामोनिशान नहीं।
हां मैंने खो दिए वो घुटन के पल,
जो मैंने तुम्हारे साथ पाए थे।
वो सिसकियां भी खो दी है मैंने,
जो मुझे अक्सर बेचैन करती थी।
मैंने खो दी वो बेपरवाह नजर,
जो मुझे देखती भी नहीं थी।
मेरे दर्द की महसूस करना तो,
है बात दूर की.......
उस दर्द से तुम्हारा कोई वास्ता,
कभी था ही नहीं।
मैंने खोया है तुम्हारा साथ,
जो तुम्हें मंजूर नहीं था....
हां मैं खुद को खोकर,
जुड़ी हुई थी तुमसे...
खोखले रिश्तों की,
मर्यादा को निभाने के लिए..
पर अब ये सितम खुद पर
और नहीं स्वीकार मुझे।
अब जीने दो मुझे,
सिमट जाने दो खुद में ही....
इक जमाना हो गया खुद से मिले हुए...

सच्चा प्रेम

प्रेम है मन की मौन की भाषा,
मुश्किल है गढ़ना परिभाषा ।
प्रेम है आत्मा का आरोहण,
ये मांगे सर्वस्व समर्पण ।
प्रेम हो राधा सा निर्मल,
प्रेम हो मीरा सा निश्छल,
जैसे झील में सोहे कमल,
जपे प्रिय को ये प्रतिपल ।
प्रेम में महादेवी सी गरिमा,
सरलता की सुन्दर प्रतिमा ।
प्रेम में ना हो देह की गंध,
इसमें हो बस नेह का बंध ।
प्रेम में हो सागर की गहराई,
हो बस प्रीतम की परछाई ।
प्रीत की रीत यही मन भाई,
ना हो इसमें तनिक चतुराई ।

मां के नाम बेटे का खत

फूलों से खिले चेहरे सबके,
मन मेरा मुरझाया क्यों है ?
अपनाकर फिर दूर किया,
ऐसा ग़ज़ब ढाया क्यों हैं ?
जब तूने मुझे अपना ना माना,
मेरे गम को ना पहचाना ।
फिर सच सच कह दे ओ मां,
ये आंसू आंख में आया क्यों है ?
मेरी हर धड़कन में तू,
सांसों की सरगम में तू ।
मुझे सीने से लगाकर,
अब ऐसे भुलाया क्यों है ?
सुना है मां का दिल मोम का,
यही जाप है रोम रोम का,
दिल में जलाकर दीया प्रेम का,
अब इस तरह बुझाया क्यों है ?
जब तूने मुझे पाला पोसा,
अब क्यों मुझे यूं है कोसा,
देकर होठों पर हंसी,
अब इस तरह रुलाया क्यों है ?
सुना है मां नहीं होती कुमाता,
मां को सिर्फ स्नेह है भाता,
पहले लगाया था सीने से,
अब ऐसे ठुकराया क्यों है ?
तूने मुझे नहीं दिया जन्म,
पर क़िस्सा नहीं यहीं खत्म,
देकर मुझे झूठा दिलासा,
इस तरह बहलाया क्यों है ?
मैंने तुझे सब कुछ माना,
तेरे प्यार को ही था जाना,
आज मुझे अपना कहने से,

तेरा दिल घबराया क्यों है ?
नहीं चाहिए ये धन दौलत,
तेरे प्यार की ऊंची कीमत,
नहीं मांगूंगा तुझसे कुछ,
ये फासला बढ़ाया क्यों है ?
सुना है मां तो मां ही होती,
बच्चे के गम में आंचल भिगोती ।
सच बता दे तू एक बार,
कि गीत नफरत का गाया क्यों है ?
मां की ममता होती अनमोल,
नहीं सकते हम इसको तोल,
यूं दिखाकर उम्मीद की किरण ,
अंधेरा ये फैलाया क्यों है ?
देख के दुनिया के ये नज़ारे ,
खोकर के अपने सहारे,
टूटे रिश्तों को लेकर ,
मन मेरा भरमाया क्यों है ?
कुछ ऐसे व्याकुल हुआ है मन,
जैसे उजड़ा हो चमन,
पूछता हूं अपने खुदा से,
तूने मुझे बनाया क्यों है ?

मीरा

मीरा तुम्हारा प्रेम अनोखा,
पल पल कृष्ण को जीया।
अपने सांवरे की खातिर,
प्याला विष का पीया।
तुम्हारा प्रेम था सहज सरल,
नहीं था उसमे छल का व्यापार।
कृष्ण को माना सर्वस्व अपना
त्यागा तुमने ये संसार।
तुमने भोगी प्रेम की पीर,
होकर कृष्ण में अनुरक्त।
ये आसक्ति थी एकनिष्ठ,
दुनिया से मीरा हुई विरक्त।
तुम्हारी भक्ति हुई अमर,
साधना तुम्हारी निराली।
प्रीत के रंग में रंग गई ऐसी,
मीरा बाई हुई मतवाली।
लोक लाज ,सब झूठे बंधन,
तुमने थे तब बिसराए।
तुम्हारी राह पर चलकर,
आज की नारी मुक्ति पाए।
सामंती बंधन को तोड़कर,
प्रीत की नूतन रीत चलाई।
छोड़कर सब झूठे छलावे,
कृष्ण की हो गई मीरा बाई।

औरत

कहते हैं सब अक्सर ऐसा ,
कि बदल गया है आज जमाना ।
आज भी लेकिन कहां बताओ,
औरत का महफूज़ ठिकाना ??
आज भी बेटी है पराई,
बहू भी कहां सम्मान पाती ?
आज भी तरसी स्नेह को नारी,
दिल की बात कहां कह पाती ?
कहीं हुआ है दमन अधिक,
कहीं हद से ज्यादा विस्तार ।
कहां मिला है स्त्री को,
उसके सपनों का संसार ?
सपने छोड़ो,हकीकत भी,
बनी उसकी दुश्मन है ।
कदम - कदम पर आक्षेप यहां,
आहत हुआ कोमल मन है ।
आज भी ' देह ' से हैं परिभाषित,
उसके व्यक्तित्व के आधार ।
कौन झांके अंतर में उसके,
बांटे कौन पीड़ा अपार ?
आज भी लूटी जाती आबरू,
दिल के टुकड़े होते हज़ार ।
स्त्री - विमर्श की बातों में,
दिखता नहीं है कोई सार ।
'सहज मानवी' नहीं समझी गई,
उलझा रिश्तों का संसार....
औरत का हर रूप है शोषित,
कहां है नारी के अधिकार ?
काश सभी ये समझ पाते,
चाहे पुरुष हो या नारी ।
संतुलित हो,स्वाभाविक हो,
जीवन को लेकर सोच हमारी ।

मेरे हमसफ़र

तुम हमसफ़र हो मेरे,
तो ज़िंदगी खूबसूरत है।
मुझे किसी और सहारे की,
कहां अब जरूरत है ?

मुझे मिला साथ तुम्हारा,
ये मेरी किस्मत है।
ये चाहत ही सजन,
ज़िंदगी की दौलत है।

तुमसे रंगीन है हर शाम,
हर सुबह है सुहानी।
तुम्हारी प्यार से जुड़ी है,
ज़िंदगी की कहानी।

चाहती हूं मैं कि,
ये वक्त ठहर जाए।
तेरे पहलू में यूं ही,
जिंदगी गुज़र जाए।

हर लम्हा है साथी,
हमारे प्यार की कहानी।
हर चीज जो जुड़ी है तुमसे,
है प्यार की अनमोल निशानी।

हमसफ़र मेरे हो,
हमकदम भी हो मेरे।
हमराज हो मेरे,
और सनम भी हो मेरे

करो ये वादा मुझसे,
साथ रहोगे उम्र भर,

आओ जी लें ये ज़िंदगी,
ना रह जाए कोई कसर।

साथ तुम्हारे गुज़रे यूं ज़िंदगी,
जैसे खूबसूरत सफर।
मांगती हूं दुआ रब से यही,
हर जन्म में बनो तुम्हीं हमसफ़र।

तुम्हारे बिना

तुम्हारे बिना हमे कोई गम नहीं,
हमारे बिना तुम्हें कोई गम नहीं
ये माना कि बेकसूर तुम भी नहीं,
और बेकसूर हम भी नहीं...
ये कैसे रिश्ते हैं कि
इनमें कोई दम नहीं......

जब साथ थे, तब भी दूरियां कम नहीं,
अब दूर हैं तो भी फासले हैं वहीं।
ना कोई तड़प नज़र आती है उधर,
और इधर भी तड़प का आलम नहीं...
ये कैसे रिश्ते है कि
इनमें कोई दम नहीं.....

शिकायतों की फेहरिस्त है लंबी तुम्हारी,
शिकायतें हमारी भी कुछ कम नहीं।
यादें नहीं मचलती सीने में तुम्हारे,
इधर भी यादों का मौसम नहीं.....
ये कैसे रिश्ते है कि
इनमें कोई दम नहीं .....

जज्बातों का समंदर लहराता नहीं मन में,
इस दिल में बेचैनी का आलम नहीं।
हमारे दिल के तार ना जुड़ सके कभी,
पर तुम्हारी बेरुखी भी क्या सितम नहीं
ये कैसे रिश्ते हैं कि
इनमें कोई दम नहीं....

माना कि परेशान तू भी है, परेशान हूं मैं भी
पर दर्द ख़तम हो,ऐसा कोई मरहम नहीं।
साथ चले थे हम दूर तलक हमराह बनकर
पर आज हम हमकदम भी नहीं,
ये कैसे रिश्ते हैं कि
इनमें कोई दम नहीं......

अनाम रिश्ते

क्या नाम दें उस रिश्ते को,
जो चेहरे पर लाता मुस्कान ।
उनसे जुड़ा है नेह का बंधन,
जिनसे नहीं है जान पहचान ।
ये शब्दों का जादू अनोखा,
दिल में उतर ही जाता है ।
उस अनजानी शख्सियत में,
अपनापन नजर आता है ।
कैसे अजीब ये रिश्ते हैं,
जोड़ते जीवन से नाता ।
ये शब्दों का बंधन ही,
जीवन भर साथ निभाता ।
मैं नहीं जानती क्या है,
मेरा उनसे सरोकार ?
बस जानती हूं मैं इतना,
उनमें ममत्व का भाव अपार ।
ये शुष्क हृदय उनसे ही,
स्नेह का अमृत पाता है,
उनके शब्द - जगत का,
साथ मुझे बड़ा भाता है ।
चार दिन की जिन्दगी में,
बंध जाते कुछ नेह के बंधन ।
इन अनाम से रिश्तों से,
जीवन पाता ये व्याकुल मन ।

यही ज़िन्दगी है

कभी कभी अपनों को खोकर,
मिलना हो जाता है खुद से....
जब आंखों से बहते आंसू...
अपना ही दामन भिगोते हैं।
उसकी याद में जो हो गया दूर,
जिंदगी से हमारी.....
छीन लिया जिसको हमसे,
नियति ने समय से पहले.....
जब संवाद होता खुद से ही हमारा....
बोझ दिल का हल्का हो जाता है.....
हां कभी - कभी अकेलापन भी,
हो जाता है जरूरी....
अपने भीतर झांकने के लिए...
साक्षात्कार होता है अपनी ही....
अच्छाई और बुराई से....
खुलती है परतें मन की धीरे - धीरे...
हो जाती है ये मुलाकात सुखद.....
सुख ही नहीं ....
देती है आनंद भी.....
होता है ये मन तैयार फिर से...
नई शुरुआत के लिए.....
जीवन - समर में ....
उतरता है नए भाव - बोध के साथ.....
हां, यही तो ज़िन्दगी है ....

वो यादें बचपन की

बचपन की शरारतें,
मुझे याद आती हैं।
बचपन की वो प्यारी बातें,
दिल पर दस्तक दे जाती हैं।
वो खेलना गलियों में,
बेरोकटोक बेझिझक।
उन यादों की खुशबू से,
मन मेरा जाता महक।
कितने प्यारे दिन थे वो,
किसी तरह का तनाव नहीं।
निश्छल और कोमल सा मन,
कोई छिपाव - दुराव नहीं।
बारिश के पानी में छप - छप,
करते थे हम जब अक्सर...
तो सोचते थे हम ...
कितना सुहाना जीवन का सफर।
पर जब कदम रखा हमने,
'समझदारी' की दहलीज पर,
तो मन की कोमल भावनाएं,
बस रह गईं पसीज कर।
जीवन की आपा धापी में,
खुद का ही नहीं ध्यान रहा।
दौड़ते जाना है बेतहाशा,
बस इतना ही भान रहा।
अब जीवन की दोपहरी में,
मन कुछ जाता है ऐसे मचल,
लौट जाएं फिर बचपन में,
नहीं चाहिए आने वाला कल।
वो बेफिक्री ,वो अल्हड़पन,
फिर से हम चाहें अपनाना ।
काश फिर से लौट के आए...
बचपन का अनमोल जमाना.......

धर्म

धर्म को मत बनाओ साथी,
नफ़रत फैलाने का हथियार।
जीवन मूल्यों का वाहक है ये,
इससे कायम है संसार।
कोई धर्म कभी नहीं करता,
निरीह प्राणियों का शोषण,
क्यों इसके नाम पर,
हो रहा आतंक का पोषण ?
सत्य,अहिंसा और प्रेम का,
हर धर्म करता गुणगान।
नाम भले हो अलग - अलग,
एक ही है सबका भगवान।
सारे रास्ते जीवन के,
एक ही बिंदु में समाते।
फिर ना जाने क्यों दुनिया में,
धर्म के नाम पर झगड़े बढ़ जाते ?
संप्रदायों की संकीर्ण व्याख्या,
धर्म को करती लहूलुहान।
मानवता भी होती छलनी,
पल - पल मरता है इंसान।
हर धर्म का मर्म एक है,
बात यही लें मन में धार।
धर्म से है जीवन की गरिमा,
यही मानवता का आधार।

सफर

जीवन की पथरीली राहों में,
जब कभी जाती मैं ठहर ।
मन से आती आवाज़ एक,
जारी रख अपना सफर ।
सुख दुःख के ताने बाने में,
इस कदर उलझी हैं राहें ।
फिर भी मन कहता हंसकर,
खड़ी है ज़िंदगी खोलकर बाहें ।
चली जाती हूं अपनी ही धुन में,
पाकर अपनों से आघात,
उम्मीद के दीए जलाकर मन में,
कि थामेगा मुझे कोई ' अज्ञात '
अपनों से पाकर धोखा,
गैरों में विश्वास की चाहत,
दूरी चाहती हूं अब उनसे,
जिनसे हुआ है दिल ये आहत ।
सफर मेरा अंतिम नहीं,
पाना बहुत कुछ है बाकी ।
मुझे सहारा देती है,
सच कहने की ये बेबाकी ।
माना मेरी उलझन से ,
नहीं किसी को सरोकार ।
फिर भी एक उम्मीद पर,
कायम मेरा सृजन - संसार ।
माना मैं नहीं चांद किसी की,
नहीं है कोई मेरा चकोर,
फिर भी खुशी की इक लहर,
मन में ले रही हिलोर ।
जीवन नहीं नाम रुकने का,
यह तो सतत - साधना है ।
अनवरत आगे बढ़ने को,
दृढ़ - संकल्प ये ' आराधना ' है ।

कलम की ताकत

मेरी खमोशी नहीं है कमजोरी मेरी,
ये तो अंदाज़ है मेरी शराफत का।
मुझे बेजुबां ना समझ लेना ओ सितमगर,
तुझे नहीं अंदाज़ कलम की ताकत का।
जो ना कह पाए अब तलक जुबां से हम,
वो सब आज कलम कह पाएगी।
इस खामोशी की वजह अब,
सबको पता चल जाएगी।
शब्दों की गहराई का,
नाप ना तुम ले पाओगे।
जब बोलेगी कलम हमारी,
तुम तो मुंह की खाओगे।
होठों को सी लेने से,
सच्चाई छिप नहीं पाती।
आती है एक दिन सामने सबके,
यही बात कलम है समझाती।

खुशी

दिल में रह जाती है कसक अधूरे अरमानों की,
पर खुशी नहीं मोहताज किसी के अहसानों की।
यह नहीं बसती किसी महल में ना चमन में,
झांक लो बस इक बार अपने ही बावरे मन में।
बच्चों की मुस्कान में भी खुशी है समाई,
उनके साथ से मिट जाती है बेचैनी और तन्हाई।
पंछियों का कलरव भी दिल को सुकून पहुंचाता है।
फूलों की रौनक से भी खुशी का पुराना नाता है।
खुशी गरीबों की दुआओं में बसती है।
अपनों के साथ से खुशी भी हंसती है।
चार दिन की जिन्दगी हंसके ही बिताइए।
खुशी बसती है मन में आपके, इतना समझ जाइए।

दर्द की महफ़िल

आंखों में दर्द की महफ़िल सजाई है,
आज ना जाने क्यों आंख भर आई है।
ओ खुदा क्या मुक़द्दर में लिखा मेरे,
हर पल क्यों मिली मुझे तन्हाई है।
क्या खता है मेरी, कोई बताए मुझे,
क्यों मैंने अपनों से सजा पाई है।
उनके साथ हुजूम अपनों का,
मुझे मिली सिर्फ रुसवाई है।
क्यों मेरे दिल को ना समझा किसी ने,
मेरे प्यार में भी गहराई है।
साथ है जमाना सितमगरों के आज,
मुझे तो मिली जग हंसाई है।
मुझे ही मिली कांटों की सोहबत यहां,
इस चमन में हर कली मुसकाई है।
जवाब दे आज मेरे सवालों का,
कैसी ये तेरी खुदाई है ?

सच्चाई

मृत्यु अंतिम सच है माना,
पर जीवन में भी सच्चाई है।
जीवन के उतार चढ़ावों में,
मानव ने राह बनाई है।
जीवन जिया जिसने शान से,
मृत्यु भी उसकी अमर हो जाती।
अहंकार में जो डूब गया,
ज़िंदगी उसकी समर हो जाती।
मंदिर मस्जिद सब बातें सतह की,
ज़िन्दगी की कीमत बड़ी है।
देखो जरा खोलकर आंखें,
सामने ज़िन्दगी खड़ी है।
जीवन में विनम्र जो रह पाता है,
सम्मान उसी का होता है।
जो त्याग दे अपने 'मैं' को,
भगवान उसी का होता है।

रोग

लांघकर अपनी सीमा को,
कैसा कहर बरपाते हैं ?
परिकल्पना अंतर्वस्त्रों की,
आनंद से सुनाते हैं।
शर्मिंदा हम सब आज,
इनको शर्म नहीं आती।
क्यों इन कठमुल्लों को,
आज की नारी नहीं सुहाती।
आंखो से करते चीरहरण,
राक्षसी है इनका अट्टहास।
नारी की अस्मत हो तार - तार
ऐसे कुत्सित इनके प्रयास।
इनके घर में नहीं मां, बहन
जो ऐसा जुल्म ढाते हैं।
बनकर देखो पिता बेटी के,
आंसू आंख में कितने आते हैं।
एक वोट भी मत देना इनको,
अक्ल ठिकाने आ जाएगी।
क्या होती नारी की गरिमा,
बात समझ में आ जाएगी।
फिर भी ना आए गर अक्ल,
जूते का करो सही उपयोग,
बीच सड़क पर मारो जमकर,
खत्म हो जाएगा ये रोग।

मेरा नन्हा बेटा ....

जब भी मन होता उदास,
वो खुशनुमा समां बन जाता है....
जब कभी दिल करता फरियाद,
वो दुआ बन जाता है,
हां.. मेरा नन्हा बेटा अक्सर,
मेरी मां बन जाता है ।
जब मुझे सताती मां की याद,
वो प्यार से माथा सहलाता है ।
जब मुझे होता दर्द कोई,
वो दवा मेरी बन जाता है ।
हां ... मेरा प्यारा गुड्डा,
मेरी मां बन जाता है ।
जब डूबती मन की नैया,
वो खिवैया बन जाता है ।
जब बेचैन होता दिल,
प्यार से मुझे समझाता है ।
हां मेरा प्यारा छुटकू,
मेरी मां बन जाता है ।
जब कभी आता मुझे रोना,
खूब मुझे हंसाता है ।
तन्हाई में वो मेरा,
हरदम साथ निभाता है ।
हां मेरा राजदुलारा,
मेरी मां बन जाता है ।
जब मैं करती बच्चों सी बातें,
बड़ा वो बन जाता है,
जब मैं करती नादानी कोई,
समझदारी वो दिखाता है ।
हां मेरी आंखो का तारा,
मेरी मां बन जाता है ।
कभी कभी वो मुझे अपनी,
छोटी सी गोद में सुलाता है ।

जाने ये हुनर अनोखा,
बच्चों में कहां से आता है ?
हां मेरा नन्हा गुड्डू,
मेरी मां बन जाता है।
कभी जब मैं होती अनमनी,
सुना कहानी बहलाता है।
भूल जाती हर दुख अपना,
जब वो हौले से मुस्काता है।
हां मेरा प्यारा बेटू,
मेरी मां बन जाता है।

बसंत मुस्कुराता है

जब बच्चों की आंखों में पिता,
झलक अपनी पाता है ।
तब उसके जीवन में,
बसंत मुस्कुराता है ।

सहकर सृजन की वेदना,
मां का दिल चैन पाता है ।
तब उसके आंचल में,
सचमुच बसंत मुस्कुराता है ।

जब पिया के घर में बहन को,
भाई याद आता है,
सचमुच मन के आंगन में,
बसंत मुस्कुराता है ।

जब बेटी को मायका अपना
रह रहकर याद आता है
तब उसकी तरसती आंखों में,
बसंत मुस्कुराता है ।

जब बच्चा मिलकर मां से,
उसे गले लगाता है ।
तब दोनों की आंखों में,
बसंत मुस्कुराता है ।

जब देख धरती पर चांद,
चांद स्वयं जमीं पर आता है,
तब प्रेमियों के अधरो पर,
बसंत मुस्कुराता है ।

बस्तों के बोझ से पाकर निजात,
कोई मासूम जब खिलखिलाता है,
उसके कोमल मन के भीतर,
बसंत मुस्कुराता है।

जब भूखा गरीब कोई,
भर पेट खाना खाता है,
उसके चेहरे की देख खुशी,
बसंत मुस्कुराता है।

जब हर कोई समझ जाए,
इंसानियत से अपना नाता है।
उस समय सारी दुनिया में,
बसंत मुस्कुराता है।

चांद

ओ चांद ! मत हो उदास तुम,
सूरज के सर्वाधिकार में ।
आज भी बसते हो तुम,
प्रेमियों के जवां प्यार में ।
आज भी प्रेमी को प्रेमिका के,
मुख में चांद नज़र आता है ।
आज भी बच्चे को कहकर चांद,
मां का चेहरा निखर जाता है ।
आज भी गरीब को तुममें,
रोटी नज़र आती है ।
निरख तुम्हारी छवि नभ में,
होठों पर मुस्कान बिखर जाती है ।
हम कवियों की लेखनी की,
साकार कल्पना हो तुम,
मत समझो कि महज,
एक जल्पना हो तुम ।
राग जीवन के सब,
होते तुमसे साकार ।
तुम्हारी कल्पना के बिना,
है अधूरा हर प्यार ।
मत समझो खुद को हीन,
किस सोच में गुम हो ।
ओ चांद! मत हो उदास,
तुम तो बस तुम हो.......

गुलाब

गुलाब! कीमत बढ़ाता है तुम्हारी,
प्रेमियों का इजहार-ए - प्यार।
कांटों को कर दरकिनार,
सब करते तुम्हें दिल से स्वीकार।
प्रेम के शाश्वत प्रतीक हो तुम,
प्रेम दिवस पर है राज तुम्हारा।
निश्छल प्रेम की वेदी पर सोहता,
अमर हुआ हर साज तुम्हारा।
प्रेम की अकथ कहानी,
तुम ही तो कह देते हो।
प्रेमिका के नखरे सारे,
तुम ही तो सह लेते हो।
प्यार से कभी सजते जूड़े में
कभी पांव में कुचले जाते।
कभी भगवान के मंदिर में,
शोभित होकर इठलाते।
तुम नहीं सिर्फ साधन प्रेम का,
साधा तुमने रोजगार को।
बिकते हो बाजारों में,
बढ़ा रहे व्यापार को।
पर अपनी महक को,
इस चमक में खो ना देना।
जब टूटे दिल किसी प्रेमी का,
तुम बिलखकर रो ना देना।
तुम जो हो वही रहो !
सुनो ओ प्यारे गुलाब !
जमाने की इस अजब हवा में,
खो ना देना अपनी आब।

इंतज़ार

इंतज़ार का मतलब राह तकना ही नहीं
इंतज़ार का मतलब सब्र करना ही नहीं
सिर्फ़ कुछ पल,दिन और वर्ष नहीं,
कभी आजीवन भी किया जाता है।
कभी रोकर,कभी हंसकर और
पलकें बिछाकर भी किया जाता है।
होती इक गरिमा भी इंतजार की,
सूनी सजल आंखों में पल रहे प्यार की
हां होती है मर्यादा भी इंतजार में,
कहता कहानी ये अधूरे संसार की।
हां सिर्फ़ दर्द ही नहीं होता इसमें,
मज़ा भी होता है इंतजार में,
उम्मीद का दिया रखता जलाकर,
ये किसी के सूने संसार में........

रिश्ते

आसान नहीं किसी रिश्ते को,
आसानी से बिसराना।
आसान नहीं टूटे फूल को,
फिर से उसी डाल पर सजाना।
बिना प्यार के अक्सर रिश्तों की,
नींव उखड़ जाती है।
फिर नहीं पाते वो जीवन,
गर गांठ पड़ जाती है।
गलत सोच कि दौलत के दम पर,
होती जिंदगी है आसान।
कैसे जोड़े डोर नेह की,
जिसका आहत स्वाभिमान।
माना रिश्ते निभाएं जाते,
पीकर जीवन में कड़वे घूंट।
पर अपमान ,उपेक्षा से,
अक्सर रिश्ते जाते टूट।
कुछ तो कमी बड़ी होगी,
कि दोनो तरफ छाया है मौन।
अपनी डफ़ली ,राग यहां तो,
स्नेह की डोर बांधेगा,कौन।
सच्चे रिश्ते कभी भी,
शब्दों के नहीं मोहताज।
बिन बोले जो बात समझ ले,
ऐसे रिश्ते होते हैं खास।

काश

वो गर्मियों की छुट्टियां,
कितनी ठंडक पहुंचाती थी मन को ...
कभी नानी के, तो कभी
दादी के गांव में,
होता था मेरा ठिकाना।
कितने सुहाने दिन थे वो ...
कितनी मासूम यादें ...
वो नीम का पेड़..
जो साक्षी था हमारी शरारतों का,
आज भी जोहता है बाट मेरी।
वो चंगा - पो, वो गेंद - बल्ला !
वो गली मोहल्ले वाला हल्ला !
सब कुछ याद आता है।
आज दिल कहता है कि,
काश उस समय वक्त ठहर गया होता !
तो ज़िन्दगी कितनी खुशनुमा होती....
आज शायद बच्चे ना जान पाएं कि
कितना मजा आता था ...
सुविधाओं के बिना जीने में !
दूसरों के घर जाकर झुंड में,
टीवी देखने में....
उस कुल्फी को खाने में
कितना मजा था ...
जो पड़ोसियों के फ्रिज में,
जमवाई जाती थी।
वो दिन जब ..
घरों में ना एसी थे ना कूलर !
बत्ती गुल रहती थी अक्सर,
पंखों की हवा भी नसीब नहीं होती थी।
पर फिर भी खुश थे हम,
उस नीम की छांव में,
गर्म लू के थपेड़े भी,

हिल स्टेशन का आनंद देते थे।
जुड़े थे लोग एक दूजे से,
कुछ इस तरह कि
हर शाम की रौनक और सुबह की आभा
देखने लायक होती थी।
काश वो दिन लौट आते ....

मैंने कहां मानी है हार ?

जीवन के झंझावातों ने,
झकझोरा मुझे कई बार।
नियति के आघातों ने,
तोड़ा मुझे कई बार ...
पर मैंने कहां मानी है हार ?
अपनों के प्यार की गहराई को,
नापा मैंने कई बार,
अपने सपनों को मरते,
देखा मैंने कई बार ..
पर मैंने कहां मानी है हार ?
एक जुझारू मन के रूप में,
ईश्वर से मुझे मिला उपहार !
फिर गिरूंगी, फिर उठूंगी,
इसमें ही है जीवन का सार ....
अभी मैंने कहां मानी है हार ?
नहीं रुकूंगी, चलती रहूंगी,
सह के वक्त के सारे प्रहार ...
फिर से सजेगा, फिर संवरेगा,
मेरी खुशियों संसार ...
मैंने कहां मानी है हार ?

सबसे प्यारी मां

मां ..दुनिया का सबसे प्यारा रिश्ता ...
मां इस धरती पर जैसे कोई फरिश्ता ।
बड़े किस्मत वाले हैं वो लोग,
जिन्हें मां का प्यार मिला ।
मां के आंचल की छांव मिली,
स्नेह सिक्त दुलार मिला ।
पूछो उनके दिल का आलम,
जिनके पास मां नहीं ।
कौन सुने वो दिल की बात,
जिसे उन्होंने कहा नहीं ।
बिन बोले जान ले मन की बात,
ये जादू मां को आता है ।
अपने बच्चे को सीने से लगाना,
मां को बहुत ही भाता है ।
हम कितने भी हो जाएं बड़े,
मां के सामने बौने हैं ।
आज भी हम उस मां के लिए,
प्यारे से खिलौने हैं ।
जिसने हमें कोख में सहेजा,
हर पीड़ा को हंसकर सह डाला ।
हमारे खुशी से है जुड़ा,
मां के मुख का हर निवाला ।
बच्चा दुःख में हो अगर,
मां का सुख खो जाता है ।
देख औलाद की मुस्कान,
मां का मन आनंदित हो जाता है ।
अपने खून से सींचा तुमने,
अपने दूध से पालने वाली ।
दुख की तपती धूप में,
औलाद को संभालने वाली ।
एक दुआ रब से हम करते,
हर बच्चे को मां का प्यार मिले ।
बिन मां के रहे ना कोई बच्चा,
ऐसा सुखमय संसार मिले ।

ख्वाहिशें

ख्वाहिशों की बूंदे ...
बरस रही है मन के आंगन में ...
बड़ा सुहाना सा हो गया है मौसम,
गुनगुना रहा है बावरा मन।
हर बरसात मन को सुकून देती है ...।
उदासियां भी मुस्कुराती हैं,
जब ख्वाहिशें पूरी हो जाती हैं .....
वे अधूरी ख्वाहिशें जो ताउम्र
नासूर सी बनी रहती हैं...
पूरी होते ही बन जाती है मलहम ...
कितना सुखद अहसास ....
मन का हर कोना ...
मनभावन हो जाता है,
हां जेठ का गर्म महीना जैसे,
बरसता सावन हो जाता है।

चांद पर हो आएं ....

धरती से ऊब गया है मन,
आओ कुछ दिन चांद पर हो आएं।
सुना है बड़ी ठंडक है वहां ?
यहां धरती पर तो जैसे,
आग बरस रही है।
चलो ना मां ....
अपने भाई से भी मिल लेना !
मां ने चौंककर पूछा,
कौन भाई ?
हमने कहा ... चंदा मामा !
तुम्हारा भाई है ....
तभी तो हमारा मामा है !
मां खिलखिलाकर हंस पड़ी ...
हम रूठ गए....
आज और अभी ही जायेंगे।
उस बूढ़ी अम्मा से भी मिलना है,
जो वहां अकेली बैठी सूत कात रही है।
मां बोली ....
बेटा कैसे जाओगे ....
जरा बताओ ....
हमने बड़े भोलेपन से जवाब दिया .....
आओ मां सो जाते हैं,
मीठे सपनों में खो जाते हैं,
ये सपने ही चांद पर ले जायेंगे।
कुछ दिन वहां बिताकर,
फिर वापस आ जायेंगे।
मां मुस्कुरा उठी और
हम बच्चों को लोरी सुनाने लगी ....
चंदा मामा दूर के.......

दूरियां अच्छी हैं ......

जब भरी महफ़िल में मिले तन्हाई,
तो दूरियां अच्छी हैं ....
जब अपनों से मिले रुसवाई,
तो दूरियां अच्छी हैं...
जब रिश्तों में प्यार होने लगे कम..
तो दूरियां अच्छी हैं...
जब अक्सर आंखें होने लगे नम,
तो दूरियां अच्छी हैं.....
जब पीने पड़े अपमान के घूंट,
तो दूरियां अच्छी है ....
जब स्नेह की डोर जाए टूट,
तो दूरियां अच्छी है...
जब करना पड़े झूठा दिखावा,
तो दूरियां अच्छी हैं....
जब अपनों से मिले छलावा,
तो दूरियां अच्छी हैं...
हर कदम पर जब पड़ता हो झुकना,
तो दूरियां अच्छी है ......
जब साथी ना चाहे साथ में रुकना,
तो दूरियां अच्छी हैं....
जब जीवन से भंग होने लगे मोह,
तो दूरियां अच्छी हैं .....
जब जरूरी हो जाए बिछोह,
तो दूरियां अच्छी हैं......

मंजिल और मुसाफिर

मंजिल और मुसाफिर के,
किस्से भी अजीब हैं,
दूरियां इनमें बहुत,
भले दिल से ये करीब हैं।
किस्मत तेरी अजब कहानी,
कई रंग है तू दिखाती,
दौलतमंद वो हैं यहां,
जो दिल से गरीब हैं।
हर बात यहां लगती अधूरी,
हर मन में बेचैनी है,
सबकी कहानी अलग यहां,
सबका अपना नसीब है।
नहीं समझ आता यहां,
कौन किसका हमदर्द है,
सबकी अपनी खुशियां यहां,
सबके अपने दर्द हैं।

भाई बहन का प्यार

दुनिया में सबसे निराला,
भाई बहन का प्यार।
एक दूजे के बिना अधूरा,
दोनों का संसार।
दोनों की बातें हैं निराली
झगड़ा भी अनोखा होता है।
इनके प्यार का रंग दुनिया में,
सबसे चोखा होता है।
खट्टी मिट्ठी नोक झोंक,
रिश्ते को ख़ास बनाती है।
इनकी प्यारी तू तू मैं मैं,
दिल को बहुत सुहाती है।
लड़े बिना ना चले काम,
ऐसी इनकी कहानी है।
बचपन की हर बात इनकी,
मानो प्रेम निशानी है।
बहन जब होती विदा,
कलेजा मुंह को आता है।
अपने दिल का दर्द भला,
भाई किससे कह पाता है।
अपनी जान करता न्योछावर,
बहन की दुनिया बसाने को।
हर समय रहता वो हाज़िर,
प्रेम का धागा बंधवाने को।
राखी का ये सूत्र हमेशा,
प्रेम को चढ़ाता है परवान।
रक्षा सूत्र की बात निराली,
स्वयं साक्षी है भगवान।

बेदर्द जमाना

बेदर्द जमाना मुझे अक्सर,
यही बात समझाता है।
दुःख में लगाता है ठोकर,
सुख में गले लगाता है।
अपनों की पहचान हमेशा,
संकट में हो पाती है।
दुख में रहे जो साथ सदा,
वही तो सच्चा साथी है।
रीत है दुनिया की यही,
स्नेह का भूखा सकल संसार।
अपनेपन के बिना अधूरे,
सृष्टि के सब कार्य - व्यापार।

जिम्मेदारी

कलम के मजदूर हैं हम,
महलों के रखवाले नहीं ।
घर फूंक तमाशा देखें,
ऐसे हम मतवाले नहीं ।
लेखन नहीं है शौक महज़,
ये एक जिम्मेदारी है ।
बदले समाज, बदले दुनिया,
ऐसी सोच हमारी है ।
जुड़ता जो जनजीवन से,
वही सृजन होता महान ।
सरोकार हो जिसके व्यापक,
ऐसे साहित्य को मिलती पहचान ।
जीवन का हर रंग जिसमें,
निखर - संवर जाता है ।
प्रासंगिक है वो सृजन,
जिसका सबसे नाता है ।

सच्चा प्रेम

प्रेम धरती है, प्रेम आकाश है।
प्रेम ज़िन्दगी में, सुनहरा प्रकाश है।
प्रेम अनमोल है, प्रेम धरोहर है।
प्रेम अदभुत है, प्रेम मनोहर है।
प्रेम में ऊष्मा है - सूरज जैसी।
और शीतलता है - चन्द्र जैसी।
प्रेम में व्दढ़ता है पाषाण जैसी,
और कोमलता पुष्प जैसी।
प्रेम नहीं सिर्फ देह से रोशन,
यह आत्मा का संगीत है।
जो छा जाए मन के दर्पण में,
वही सच्चा मनमीत है।

जीवन है अनमोल

जीवन है अनमोल बड़ा,
मत खोना इसे अवसाद में।
अच्छाई है छिपी हुई,
हर बुरी लग रही बात में।
आशा का दामन ना छोड़ो,
हार बदलेगी जीत में।
जीने की राह खोजो तुम,
जीवन के मधुर संगीत में।
क्या हुआ को आज मन की,
साध हो सकी ना पूरी।
जुट जाओ गर तन मन से,
कोई चाह ना रहेगी अधूरी।
कदम बढ़ाओ मजबूती से,
ये आकाश तुम्हारा है।
हार की मत करो चिंता,
जीत ने तुम्हें पुकारा है।
जो खाकर ठोकर जाते संभल,
संसार उन्हीं का होता है।
जो होते सच्चे कर्मवीर,
गुणगान उन्हीं का होता है।

कवि

आसान नहीं है कवि होना,
जीवन के अंधियारे में रवि होना ।
खुद में ही खो जाना कवि कर्म नहीं,
मुख मोड़ना सच से, ये कवि धर्म नहीं ।
अपने शब्दों को बनाओ हथियार,
दुनिया बदल जायेगी ।
फरेब के उलझे ताने बाने में,
हकीकत ना छिप पाएगी ।
समाज में हो रहा अनर्थ,
बढ़ रहे अत्याचार ।
उठाकर कलम की तलवार,
आओ करें इन पर प्रहार ।
जीवन तभी है सार्थक,
जब कुछ अनोखा कर जाएं ।
सही का साथ देने को,
काम ये चोखा कर जाएं ।
इतिहास होगा गवाह हमेशा,
किसने कर्तव्य निभाया है ।
और कौन है वो दगाबाज,
जिसने सदा घाव पहुंचाया है ।
लेखक जब अपना धर्म,
निष्ठा से निभाएगा ।
सच कहते हैं दुनिया का,
रूप संवर जाएगा ।

बंधन कविता का

अपने हर गम में मुस्कुराने लगी हूं,
खेलकर शब्दों से जी बहलाने लगी हूं।
रास आने लगी अपनों से दूरियां मुझे,
झूठे रिश्तों से अब दूर जाने लगी हूं।
ज़िंदगी की कीमत अब समझ में आई है,
नगमे ज़िंदादिली के गुनगुनाने लगी हूं।
बदली है आबोहवा दिल की इस तरह,
इन महकी फिज़ाओं में खो जाने लगी हूं।
वजन आंसुओं का करके कुछ कम,
खुद से हंसकर बतियाने लगी हूं।
कुछ ऐसा असर हुआ कागज़ और कलम का,
कि हर दर्द अब कागज़ को सुनाने लगी हूं।
भूलकर सितम इस मतलबी दुनिया के,
अब अपने ही करीब मैं आने लगी हूं।
कुछ ऐसे बंध गई हूं कविता के बंधन में,
कि शब्दों से ही दोस्ती निभाने लगी हूं।

स्नेह की आस

नाम नहीं चाहिए मुझे,
मुझे महज़ स्नेह की आस।
छू ले किसी के मन के तार,
मेरे शब्दों का उजास......
निश्छल - निर्मल प्रेम की,
आज भी है इस दिल को प्यास।
कोई बोल ले मीठे बोल,
बस इतनी सी है अरदास।
अपने जैसे लोगों में,
अपनों को ढूंढ़ती हूं मैं,
जो हो सके ना मेरे,
उन सपनों को ढूंढती हूं मैं,
कोई समझ ले मन की बात,
इससे बढ़कर क्या होगा?
मिल जाए विश्वास किसी का,
इससे बढ़कर क्या होगा ?

प्रश्न

मुझे नहीं रही कभी चाहत ,
अपने हिसाब से जीने की ।
ऐसी स्वच्छंदता कभी भी,
नहीं रहीं हिस्सा मेरे वजूद का,
मम्मी पापा की लाडली,
भाई की प्यारी बहना थी मैं ।
फ़ैशन,चमक- दमक से कोसों दूर,
किताबों में सिमटी हुई.....
अपने शिक्षकों की चहेती.....
जो देखते थे मुझमें संभावनाएं,
हां कुछ ऐसी ही थी मैं ।
अक्सर कहती थी मां से...
वैसे तो नहीं चाहती मैं...
बंधना विवाह के बंधन में...
पर यदि बेटी के ब्याह से जुड़ी है...
आपकी प्रतिष्ठा तो.....
ऐसे घर में ब्याहना मुझे कि...
सास के रूप में मां मिल जाए ।
प्यार भले ना करे मुझे आपकी तरह,
पर उनकी नज़रों में ....
परवाह हो मेरे लिए....
हां, मुझे सास नहीं मां चाहिए थी,
क्योंकि मैं निपट नादान...
सिर्फ सहारे ढूंढ़ती थी जीने के....
अपनी तरह जीने की कोई चाह नहीं
ब्याह दिया तुमने मुझे....
मेरी इच्छा का मान रखकर ...
एक भरे पूरे परिवार में....
सास - ससुर, जेठ जेठानी, ननद .....
सभी तो थे वहां.....
स्नेह की कड़ियां भी जुड़ी थी...
सबकी आपस में ....

बस मैं और मेरे पति झेलते थे,
उनकी नज़रों में अजीब सा परायापन..
हां मां! मैं सिमटने लगी थी खुद में ही..
तरसने लगी थी प्यार भरे बोल के लिए,
नहीं करती परवाह मैं..किसी बात की..
मेरी सास तुम्हारा रूप बनके...
लगा लेती अगर मुझे सीने से।
पर हो ना सका ऐसा ....
मेरे बच्चे ने समय से पहले ...
देखा अपनों का बेगानापन।
उसकी आंखो में होते हजारों सवाल
कैसे समझाती कि क्यों नहीं करते
उसके अम्मा दादा उससे प्यार...
दूसरे बच्चों की तरह...
फिर भी मुझे जीना था वहीं...
नहीं थी चाहत अपने तरीके से जीने की
पर एक दिन निकाल दिया गया,
हमें उस घर से जहां मैं...
आई थी बनकर दुल्हन.....
आंखों में रोक कर आंसूओं को,
कहा अपने जिगर के टुकड़े से...
मत हो उदास बेटा....
वो नहीं थे तेरे दादा अम्मा,
पापा को दया करके रखा था उन्होंने,
बिना मां के बच्चे थे पापा....
उन्हें पाल लिया ये एहसान,
क्या कम है ?
जो हम रखे उम्मीद उनसे प्यार की।
जब उन्हें ही ना मिल सका...
तो हमें क्या मिलेगा...
बच्चे को तो समझ दिया मैंने....
वो शायद नहीं समझ पाया,
दुनिया के इन खेलों को....
पर इक सवाल है मेरा ....

क्या किसी अनाथ को पाल लेने..
मात्र से हो जाते हैं कर्तव्य पूरे?
क्या सही है निरंतर भेदभाव और
उपेक्षा का शिकार बनाना
किसी मासूम को?
क्या अच्छा नहीं होता कि,
नहीं अपनाता उसे कोई ...
छोड़ दिया जाता तकदीर के भरोसे...
वो बच्चा नहीं होता कुंठा का शिकार,
अधूरा नहीं होता उसका वजूद
तब तीन जिंदगियां बर्बाद नहीं होती ।
हां अपने मां बाप की लाडली ऐसे...
बेगानी तो नहीं होती अपने ही घर में
प्रश्न है मेरा उस समाज से ...
जो देखता है सिक्के का एक पहलू,
और दंडित करता है एक अनाथ ....
उपेक्षित को,किसी की बेटी को...
और एक मासूम बच्चे को...
पूछती हूं दुनिया से मैं ....
जिसे पाला जाए दया करके क्या...
वो स्नेह का हकदार नहीं ?
जो बंट जाए अपने पराए के भेदों में
ऐसा तो मां का प्यार नहीं....
जवाब चाहिए मुझे...
है किसी के पास उत्तर?

किस्मत वाली बेटी

किस्मत वाली बेटी हूं मैं,
पिता आप - सा पाया है।
धन्य हुआ है मेरा जीवन,
कि मुझ पर आप का साया है।
राह दिखाई जीने की मुझे,
अपने सुख का करके बलिदान।
त्यागकर सपनों को अपने,
बेटी के सपनों को दी पहचान।
मेरी हर मुश्किल घड़ी में,
कांधे पर आपने रखा हाथ,
मत घबरा ओ बेटी मेरी,
तेरे पिता हैं तेरे साथ।
नहीं सामर्थ्य मेरी इतनी,
शब्दों से आपका करूं आभार।
कम होगा यदि मैं अपना,
जीवन भी दूं आप पर वार।
आपके मूल्य - बोध ने,
मुझे दिखाई जीने की राह।
आप ही से सीखा है मैंने,
जहां चाह है वहां है राह।
अपने सिद्धान्तों से समझौता,
करना कभी नहीं है सही।
कायम हूं मैं आज भी उस पर,
ये जो आपने बात कही।
जीवन ऐसे जीना कि हमको,
कभी ना पड़े पछताना।
साथ हमेशा सच का देना,
चाहे साथ छोड़े जमाना।

विवेकानंद

युवा - शक्ति के प्रेरणा - पुंज,
और योग के युग - प्रवर्तक।
विवेक की साकार प्रतिमा,
ज्ञान - साधना के समर्थक।
शिकागो की धर्म - सभा में,
ध्वजा भारत की फहराई,
समझाई सारी दुनिया को,
हिन्दू - धर्म की गहराई।
भारत के वेदांत का,
दुनिया में किया प्रसार।
ज्ञान ,विवेक और संयम थे,
उनके जीवन का श्रृंगार।
भारत के सच्चे सपूत,
और सजग, सक्रिय वैरागी,
नैतिकता और सहिष्णुता के,
वे थे सच्चे अनुरागी।
गुरुभक्ति थी जिनकी अनुपम,
अद्वितीय जिनका सेवाभाव।
नहीं विचलित कर सके,
जिन्हें निज जीवन के अभाव।
जिन्होंने पर पीड़ा के शमन में,
खोजा जीवन का आनंद।
धन्य हैं वे अमर ऋषि,
हमारे प्यारे विवेकानंद।

फिर भी आ गया बसंत

आज भी जग में पीड़ा अपार,
दुख में डूबा सारा संसार।
उदासी छाई है चहुं ओर,
है घटा निराशा की घनघोर।
एकाकीपन में सिक्त दिगंत,
लो फिर भी आ गया बसंत।

आज भी है लालच का कोहराम,
चैन हुआ सबका हराम,
गरीब को नसीब नहीं रोटी,
देनी होती रिश्वत मोटी,
निर्दोष पे लगते आरोप मनगढ़ंत,
लो फिर भी आ गया बसंत।

होती पैसे वालों की इज्ज़त,
सरे आम लुटती औरत की अस्मत।
आज भी भरी जाती है पेटी,
दहेज की आग में जलती है बेटी,
इस हाहाकार का नहीं है अंत,
लो फिर भी आ गया बसंत।

कहीं बढ़ गए काले धंधे,
कुछ हो गए लालच में अंधे।
कहीं होता अवैध व्यापार,
नहीं किसी की बात में सार।
अपराधों का नहीं है अंत,
लो फिर भी आ गया बसंत।

प्रेम को बनाकर हथियार,
बढ़ा रहे हैं कारोबार।
दर्द को धकेल के पीछे,
मना रहे वसंत का त्योहार।

आज हावी हो रहे कुछ,
ढोंगी बाबा और संत,
लो फिर भी आ गया बसंत।

खो गया दिलों का प्यार,
टूट रहे आज परिवार।
स्नेह की कड़ियां गई हैं उलझ,
जाने कहां खो गई समझ।
बस आपस में हो रही भिड़ंत,
लो फिर भी आ गया बसंत।

किताबें

किताबों से दिल का रिश्ता,
दिल को देता है सुकून।
हैं किताबें साथी उनकी,
पढ़ने का जिनको जुनून।
जिन्होंने इनसे बनाया रिश्ता,
नहीं सताता अकेलापन।
दुनिया इनकी होती निराली,
कभी ना रहता खालीपन।
तकनीक के इस दौर में भी,
किताबों की अपनी है पहचान।
जो देता आदर इन्हें,
वो पाता जीवन में सम्मान।
कागज़ पर 'आखर' की साधना,
किताबों में हो पाती है।
जीवन की हर मुश्किल में,
पुस्तक राह दिखाती है।

मुस्कुराइए

आंसू हैं बहुत कीमती,
इन्हें यूं ना बहाइए ।
जिन्हें नहीं परवाह आपकी,
उनसे दूरी बनाइए।
माना कि ज़िंदगी पहेली अबूझ,
कदम कदम पर इम्तिहान यहां,
थामकर दामन आशा का,
हर उलझन को सुलझाइए ।
जिनकी नजर में हस्ती आपकी,
जो समझते दर्द आपका,
देकर अहमियत उनको,
नजदीकी उनसे बढ़ाइए ।
दर्द सबकी जिंदगी में,
जगह बनाता अक्सर,
इसको जीतने के लिए,
हर हाल में मुस्कुराइए ।
ना बढ़ सके दूरी अपनों से,
करे कुछ कोशिश ऐसी,
फिर ना दूर जा सके कोई,
इतना करीब आइए ।
नसीब वालों को मिलती है,
नैमत ए ज़िंदगी दोस्तों,
तराने खुशी के सदा,
हंस के गुनगुनाइए ।

कोई हक नहीं

आंखों में डर....
सहमा हुआ दिल...
कदम ऐसे लड़खड़ाते हैं ...
जैसे अभी - अभी चलना सीखा हो।
हां सूनी राहों पर आज भी जब...
वो कदम बढ़ाती है तो ....
रहती है इस ऊहापोह में कि
सही सलामत घर पहुंच पाएगी ...
या नहीं ?
वो जानती है जंगली जानवरों से भी..
खतरनाक है इंसान आज....
मर चुकी आत्मा जिसकी,
जब वासना होती उस पर सवार...
खो देता है उस विवेक को वह,
जो है इंसान होने का सबूत।
उसे जानवर कहना अपमान है....
पशु जगत का...
हां पशुओं में भी होती कुछ मर्यादाएं ....
जब सीमाएं लांघकर .....
इंसान बनता है हैवान ...
तो रो पड़ती है मानवता...
जब कोई वहशी करता है तार - तार...
औरत की आबरू को ..
आती है दिल से एक ही आवाज़....
तुम्हे इंसान कहलाने का
कोई हक नहीं....
मर चुकी है आत्मा जिसकी ...
उसे जीने का कोई हक नहीं....
कोई हक नहीं....

अभाव

क्या अजब खेल है ऊपर वाले.....
कोई पलता पलकों के तले...
किसी को नहीं नसीब,
खाने को निवाले।
कहीं कॉन्वेंट स्कूलों में,
इतराता बचपन....
तो कहीं सरकारी स्कूल
के भी हैं लाले.....
कहीं बेशुमार प्यार है,
बच्चों के लिए,
किसी की जिंदगी ..
नफरत के हवाले
क्या अजब खेल है ऊपर वाले......
कोई खेलता नित नए खिलौनों से...
जी भरकर...
तो कहीं खो गए ....
खेलने वाले....।
कोई पाता ममता की छांव
पुलकित होता ..
कोई तरसता कि...
मां गले लगा ले....
किसी को मिलता जीवन में,
अपनापन बेशुमार,
कोई तरसता कि,
कोई तो अपना बना ले।
क्या अजब खेल हैं ऊपर वाले....

स्वार्थ

आजकल रिश्तों की कहानी,
होती है स्वार्थ से शुरू ....
स्वार्थ पर ही अक्सर...
हो जाती है खत्म....
मोह, लगाव, जुड़ाव जैसे शब्द....
आज हो गए बेमानी ।
हर शख़्स सिमट जाना चाहता है...
अपने आप में ....
हां ... ये 'मैं' पड़ता है भारी...
'हम' पर......
कहां खो गई वो आत्मा?
जो रिश्तों में जान डालती थी ।
हां तब कोई नहीं चाहता था
रहना यूं अकेला....
इस सूनी विरान दुनिया में...
हां बिना रिश्तों के ताने - बाने के,
विरान ही हैं ये संसार....
हर कोई दौड़ा जा रहा है,
बेतहाशा....
तोड़ के नेह के बंधन.....
लेकिन फिर भी कहता है ...
ये बावरा मन कि ......
सांझ का पंछी एक दिन....
लौट आएगा अपने नीड़ में....
फिर से......
सदा के लिए ठहर जाने को,
पाने को अपनापन और
अहसास ना सिर्फ अपने होने का...
बल्कि उनके होने का भी...
जिनसे उसका वजूद है........
हां मन कहता है ...
जरूर आएगा वो समय ...

निराशा के सारे अंधकार को
चीरते हुए...
ताकि मिल जाएं, अपनों से अपने....
सदा के लिए ....
हां सदा के लिए.....

बेटी

हर बेटी प्यारी होती है,
अपने माता पिता के लिए।
बेटी का दुख हथौड़े सा,
चोट करता है सीने पे।
मत दुखाओ दिल ....
किसी की बेटी का।
कि आत्मा छलनी हो जाती है,
मां बाप की ....
पालते हैं इस उम्मीद से,
नाजों से उसे ताकि,
खुशी मिले उसे दुनिया जहान की।
गर महसूस करना है दर्द ...
बेटी के पालनहारों का,
तो जरा बेटी के माता पिता की जगह,
खुद को रख कर देखो ...
टूट जाएंगे सारे भ्रम तुम्हारे,
हां जान जाओगे कि,
खून के आंसू रोते हैं वो ,
अपने कलेजे के टुकड़े के लिए।
बंद करो सब जुल्म ....
किसी की बेटी है वो।
नहीं तो वही होगा जो,
आज हो रहा है।
तुम्हारे लोभ और लालच के कारण,
कोख में मारी जाएंगी,
झाड़ियों में फेंकी जाएंगी।
मेरी गुहार है उन सबसे,
जो या तो स्त्री को सिर्फ और सिर्फ
देह समझते हैं ....
या अपने बेटे को पालने की

कीमत पाने का साधन !
जरा एक इंसान के रूप में
जीने दीजिए उसे,
ज़िन्दगी खुशनुमा हो जाएगी।

मंजिल की तलाश

हर शख़्स मुसाफिर है यहां,
मंजिल की तलाश में ....
बढ़ा रहा कदम ...
आसान नहीं सफर ये,
कहीं दुःख के तूफान ...
तो कहीं सुख की शीतल बयार।
कभी अपनों के आघात,
कभी धोखे मिलते हैं यहां ...
फिर भी चलती रहती है ...
ज़िन्दगी यूं ही ....
मुसाफिर तो मुसाफिर है ...
बढ़ना होगा उसे ....
एक मंजिल मिल जाती है,
तो दूसरी को पाने को,
होता मन बेचैन !
कहां है तमन्नाओं का अंत ...
हर पल कुछ ना कुछ पाने की चाह,
रुकने का तो प्रश्न ही नहीं ...
हां बढ़ना है मंजिल की ओर ...
अनवरत यूं ही .....
यही मुसाफिर की नियति है।

पिता

रिश्तों के इस हुजूम में,
पिता होना आसान नहीं ।
भीतर से कोमल, बाहर से कठोर
होना भी आसान नहीं ।
जिसे वो ना संजोए दिल में,
ऐसा कोई अरमान नहीं ।
पर संतान को इन भावों की,
अक्सर होती पहचान नहीं ।
किस्मत वाले होते हैं,
जिन पर होता पिता का साया ।
ये ही है नैमत खुदा की,
औलाद के सिर पर शीतल छाया ।
जब तक साथ पिता का होता,
बच्चे रहते बड़े ही मस्त ।
जो पिता ना रहे जीवन में,
जीवन की धूप करती पस्त ।
पिता की हर बात में साथी,
छुपी होती है सच्चाई ।
उनके हर निर्णय में,
छुपी होती है अच्छाई ।
पीढ़ियों के अंतर के कारण,
पिता से दूरी ना बनाएं ।
समझें उनकी बात ज़रा,
सोच का दायरा बढ़ाएं ।
दोस्ती का रिश्ता जो बने,
हर मुश्किल हो जाए आसान ।
सदा ही रहता हाथ कांधे पर,
है पिता की यही पहचान ।

फूल

फूल ज़िन्दगी को जीना सिखाते हैं।
ये तो हंसकर कांटों से भी निभाते हैं।
ताज़गी जोड़ती है जीवन से रिश्ता,
ये जीवन का सच्चा पाठ पढ़ाते हैं...
तूफ़ान हो या रिमझिम बरसात,
वजूद अपना ये बचाते हैं।
जुड़ा होकर डाली से भी ये,
फ़र्ज़ अपना निभाते हैं।
मंदिर में इष्ट - आराधना के सूत्र है,
भगवान को अर्पित हो जाते हैं।
जब आते बच्चों के हाथ में,
नन्हें भी मुस्काते हैं।
फूलों की है ये खासियत,
बड़ा सरल इनका स्वभाव।
किसी से नहीं रखते कभी ये,
किसी तरह का अलगाव।
अर्पित कर खुद को ये,
हर्षित हो जाते हैं।
अपनी स्नेहिल मुस्कान से,
उम्मीद का आंगन सजाते हैं।

तूफ़ान

कभी - कभी ऐसा होता है ज़िन्दगी में,
कुछ रिश्तों में आया तूफ़ान ...
बाकी सब रिश्तों को भी,
साथ बहा ले जाता है।
हां , व्यक्ति हो जाता है तन्हा,
नहीं जानता कुसूर अपना,
कि क्यों मिली है उसको तन्हाई।
अपनों की दगाबाजी से होकर आहत,
सिमट जाता है खुद में ही।
नहीं समझा पाता वो बात अपनी,
दूरियां और मजबूरियां बनती है,
ज़िन्दगी उसकी ...
क्योंकि दुनिया सही या गलत को नहीं,
उगते सूरज को सलाम करती है....
यही सच्चाई है ज़िन्दगी की।

जीवन आसान नहीं

जीवन नहीं आसान इतना,
कदम - कदम पर मुश्किलों के,
खड़े हैं पहाड़ ....
पीड़ा का सागर कभी - कभी,
इस तरह लहराता है,
मानो पार करना नामुमकिन हो....
फिर भी काटे जाते हैं,
पहाड़ मुश्किलों के...
उम्मीद के दम पर,
सागर भी किए जाते हैं पार।
ये अजूबा जिसे हम कहते हैं आदमी,
ये आसानी से हार नहीं मानता,
चाहे तो कर सकता है कुछ भी,
असीम ऊर्जा ....
अदम्य जिजीविषा...
अपार संभावना......के साथ
संवेदना अगर हो जाए जीवित ...
तो समझो इंसानियत मुस्कुरा उठती है
मिलती है आवाज़ बेजुबानों को,
आंसू भी सिर्फ खुशी में बहते हैं,
मुस्कान हो जाती सहज,सौम्य...
सारे विरोधाभास हो जातें हैं...
स्वतः तिरोहित....
गर इंसान सचमुच....
इंसान बन जाता है।

यशोधरा

ये कहानी है नारी के,
आहत स्वाभिमान की ।
है कहानी ये बुद्ध के,
अदभुत महा प्रस्थान की ।
आत्म साधना के लिए,
सिद्धार्थ ने त्यागा था ये संसार ।
पर क्या सचमुच पाए समझ वो,
यशोधरा की पीड़ा अपार ।
करने को मुक्ति की साधना,
वे तो हो गए सबसे मुक्त ।
पर उस मां का क्या,
जो है ममता से अभिसिक्त ।
आसान है पुरुष के लिए,
तोड़ना नेह के सारे बंधन ।
पर क्या सहज है स्त्री के लिए,
अपने कर्त्तव्यों से विमुखन ।
बुद्ध बन पाए तथागत,
यशोधरा के समर्पण से ।
उन्होंने पूरी की ये साधना,
अपने पुत्र के अर्पण से ।
पर ये यक्ष प्रश्न है मेरा,
क्या दायित्व गौतम ने निभाया ।
क्या न्याय किया उसके साथ,
जिसने उन्हें बुद्ध बनाया ।
तज दिया उसको बेझिझक,
जिसको जीवन संगिनी बनाया ।
पत्नी को था दुख बस इतना कि,
जाने से पहले क्यों ना बताया ।
यशोधरा ने भी था चाहा,
कि बुद्ध करें आत्म संधान,
उनकी इस साधना से ही,
संभव था जग का कल्याण ।

पर साल यही था उस मानिनी को,
बुद्ध हमराज नहीं हो पाए।
अपनी प्राण प्रिया को भी वो,
भाव हृदय का ना कह पाए।
निष्ठुर हो गए छोड़ सभी को,
बिना कहे ,और बिना सुने।
रह गए सपने अधूरे,
जो इक नारी ने थे बुने।
उसको सोता छोड़ गए वो,
निशा के आवरण में।
क्या सचमुच बाधक थी वो,
उनकी मुक्ति के वरण में।
नारी कभी नहीं होती बाधा,
पुरुष के आत्म परिष्कार में,
पर पुरुष को रखना होगा विश्वास,
स्त्री के निश्छल प्यार में।
गौतम की यशोधरा का,
त्याग भी हो गया अमर।
जिसने एकाकी ही लड़ा,
जीवन का घनघोर समर।
जी हां ये थी स्त्री की साधना,
जिसने सिद्धार्थ को बुद्ध बनाया।
उसी के आत्म त्याग के कारण,
बुद्ध ने जग को सन्मार्ग दिखाया।
इस उपेक्षिता को देकर मान,
स्त्री चेतना होगी पूर्ण,
जो जीती सबके लिए,
साधना उसी की है सम्पूर्ण।

 हृदय कलश

जनता की आवाज़

मैं हूं इक सागर गहरा,
पर खामोशी मेरी बोलती है ।
धीर - गंभीर लहरें मेरी,
राज हृदय के खोलती हैं ।
जब उठते ज्वार मुझ में,
प्रलय का तब होता आगाज़ ।
सृजन और संहार दोनों का,
मस्तक पर मेरे सोहे ताज़ ।
कुछ ऐसा ही है जनमानस,
उथल पुथल जिसमें होती है ।
सपने सुराज के पलते इसमें,
क्रांति भी यहीं मुखर होती है ।
जनमानस की हलचल को,
चुनाव देते हैं आवाज़ ।
बनते हैं याचक जनता के,
राजनीति के सब सरताज ।
लोकतंत्र के वोट पर्व में,
जनता करती है भागीदारी ।
जनसेवकों से करे उम्मीद,
निभाएं वो अपनी ज़िम्मेदारी ।
जात - पात और धर्म के नाम पर,
लोगों को ना बहकाओ ।
जनहित की जो बात करे,
ऐसी तुम सरकार बनाओ ।

पीर

ओ काली बदली चली कहां,
भरकर अपने अंतस में नीर ?
मुझ पर ही बरस जा तू,
मैं समझूंगी तेरी पीर ।
तेरी इस निष्ठा का मोल,
नहीं समझेगा निष्ठुर जमाना ।
लेकर तुझसे जल भरपूर,
तुझे करेगा ये बेगाना ।
मतलब के संगी है यहां सब,
तेरा नहीं है यहां बसेरा ।
ढूंढ़ ले अपना नया ठिकाना,
जहां मिले तुझे अपना सवेरा ।
जो तेरे पास है उसके लिए,
तुझे पूरा सम्मान मिले ।
तेरी इस तपस्या का,
स्नेह भरा प्रतिदान मिले ।

जद्दोजहद

सांझ ढलने के बाद जब......
अंधेरा गहराने लगता है..
लौटने लगते हैं सब घरों को,
दो पल के सुकून की तलाश में....
तलाश...
दो मीठे बोलों की
तलाश...
चैन की नींद की...
पर नहीं हो पाती पूरी ये आरजू
क्योंकि हर समय लगी रहती है,
उम्मीदें एक दूसरे से....
हां कोई नहीं बैठ पाता चैन से,
जीवन की आपाधापी में।
माथे पर सलवटें .....
करवटों से भरी नींद....
अगले दिन फिर वही जद्दोजहद...
कुछ पा लेने की ....
अंतहीन दौड़ .....
दौड़ता है इंसान ...
खुद से बेखबर होकर....
बटोरता है सुख के साजो सामान...
पर नहीं मिलता आनंद कहीं .....
क्योंकि इंसान चाहता है पाना सब कुछ ...
खुद को खोकर....
खुद को बदलकर .....
जब होता है उसका खुद से सामना....
हां जीवन हो जाता है अशेष .....
अनंत अभिलाषाओं के साथ.....
समा जाता है वो अनंत में ....

उपेक्षा

किसी की उपेक्षा भेद जाती है,
दिल को भीतर तक....
दे देती है ऐसे घाव,
जो कभी भरते नहीं।
किसी का स्नेह पाने की,
तड़प क्या होती है ?
पूछिए उनसे जो कर दिए जाते हैं
नजरअंदाज.....
हां,उनसे तो कोई ...
झूठा प्यार भी नहीं जताता।
उपेक्षित होना ही बन जाती नियति ...
हमेशा ही....
उपेक्षा का यह दंश....
फैलता है ऐसा विष ...
जो गहराई तक समा जाता मन में...
आजीवन रहता जिसका असर....
अपनों की उपेक्षा,
पीड़ा होती है उम्र भर की,
संवेदनहीन क्यों हो जाते लोग उनके लिए,
जो देखते कातर निगाहों से,
स्नेह की आस लेकर।
जाने क्या मिलता लोगों को,
किसी को तरसाकर इतना...
ये तड़प, ये बेचैनी ...
ना जीने देती है ना मरने...
पर नहीं पिघलते पत्थर दिल....
बस चलती रहती है ज़िंदगी यूं ही.......

अनुराग

ओ सांझ सुहानी चली कहां,
कुछ देर तो तुम ठहर जाओ ।
इससे पहले कि पसरे अंधेरा,
कुछ पल तो हमारे साथ बिताओ ।
कितना सुनहरा आलम है ये,
सूरज अब जाने को है ।
चांद सितारे साथ में लेकर,
रात ये प्यारी आने को है ।
पर कुछ बातें करनी है तुमसे,
थोड़ा सा तुम रूक जाओ ।
इस सुंदर सी बेला में,
अपने मन की बात सुनाओ ।
तुम्हारे आने जाने में,
राज ये कोई गहरा है ।
क्यों जल्दी तुम्हें जाने की,
किसका तुम पर पहरा है ।
जो छटा बिखेरी है तुमने,
इस विस्तृत आकाश में,
तुम्हारी सुंदरता को,
निरखा हमने प्रकाश में ।
तुम्हारे आवागमन में,
जीवन का सार समाया है ।
छोड़ना होगा जग को इक दिन,
जो भी दुनिया में आया है ।
संध्या प्यारी तुमसे हमारा,
गहरा है ये अनुराग ।
अप्रतिम सौंदर्य तुम्हारा,
जीवन से जोड़ा तुमने राग ।

कोशिश ना कर

रास्ते तेरे और मेरे जुदा हैं अब,
तू मेरे करीब आने की कोशिश ना कर।
मंजिलें भी अब अलहदा हैं हमारी,
तू इस तरह मुस्कुराने की कोशिश ना कर।
जिस मोड़ पर ज़िन्दगी में छोड़ा था तूने मुझे,
मुझे उस मोड़ पर वापस लाने की कोशिश ना कर।
इस दिल को मनाया है बड़ी मुश्किल से मैंने,
तू इसे फिर से बहलाने की कोशिश ना कर।
माना कि मुश्किल है ज़िन्दगी में तन्हा सफर,
तू फिर से मेरा साथ पाने की कोशिश ना कर।
बड़ी शिद्दत से अपनाया है जुदाई के लम्हों को,
अब इन्हें मिलन का नाम देने की कोशिश ना कर।
अपने - अपने हिस्से की ज़िंदगी जीनी है हमें ,
तू कहानी नई बनाने की कोशिश ना कर।

मेरा प्यारा देश

कितना प्यारा है ये देश !
बहुरुपा है संस्कृति इसकी,
वसुधैव कुटुंबकम् की पोषक,
जीवन को धारण करने वाली ।
धर्म की आत्मा जीवंत है यहां,
त्योहार भी उमंग है जगाते....
दीवाली के दीप रोशन करते हैं,
मन की राहों को कुछ इस तरह
कि दूर हो जाता है अंधियारा ।
होली के रंग जुड़ते हैं जीवन से,
कुछ इस तरह कि हो जाता है ...
रंगीन मन का हर कोना ।
चाहे हिन्दू हो, मुस्लिम हो,
या सिख या ईसाई हो ।
सब जीते हैं भरपूर यहां ।
ये मेलमिलाप खत्म करता है,
सारे विरोधाभासों को....
संकट में एक हो जाता है देश
..... यही है हमारी प्राण शक्ति ।
यहां के मौसम माधुर्य भरते हैं,
बनाए रखते हैं विविधता को...
प्रकृति से जुड़ जाते हैं हम,
बड़ी गहराई से कुछ इस तरह,
जैसे हिस्सा हो हमारे वजूद का....
लोकतंत्र का भी पोषक है ये देश,
चुने जाते हैं जनसेवक यहां,
जीवन के हर क्षेत्र में कीर्तिमान
बनाता ये देश पोषक भी है,
इंसानियत का, संवेदनाओं का ।